Was die Hexe sagt

Was die Hexe sagt

17 Hexentexte von Rita Crecelius
mit Illustrationen von Gisela Theis

Christel
Göttert
Verlag

2. Auflage Juli 2001
1. Auflage Oktober 2000
Gestaltung und Satz: suriagraphik, Gisela Theis, Hamburg
Objektgestaltung: Martina Theis und Gisela Theis

ISBN 3-922499-50-3

Vorwort

Mit offenen Herzen und Sinnen haben wir aufgenommen, *was die Hexe sagt.* Und wir wollen es in diesem kleinen Band weitersagen.

Die Zauberkraft der Hexe liegt für uns in ihrer Fähigkeit, die Dinge, die das menschliche Leben ausmachen und die manchmal so kompliziert zu sein scheinen, auf den Punkt zu bringen. Ganz einfach, als ob's so einfach wäre. Man kann wie vom Donner gerührt dastehen und sagen: Ja, so ist es!

Genauso unmittelbar reagierte auch die Verlegerin, als sie unser Exposé in die Hand bekam. Wir freuen uns, dass sie mit diesem Buch das Tor öffnet, durch das die Hexe ihren Weg hinaus in die Welt nimmt.

Die Kombination von Text und Bild wirkt ihren eigenen Zauber, weckt Fantasie und Imagination. Die TextGestalten nehmen ihren je eigenen Platz in unserer Gedanken- und Gefühlswelt ein. Sie leben und weben dort ihr eigenes Dasein als Erinnerungshilfen, Wegbegleiterinnen, Kraftquellen und Wächterinnen.

Wir wünschen uns, dass viele, die am Beginn eines neuen Jahrtausends unterwegs sind, durch die Wort- und Bildmagie der Hexe inspiriert werden.

Goslar und Hamburg, im August 2000
Rita Crecelius und Gisela Theis

Was die Hexe sagt

17

Texte

Tore

Tuschzeichnungen

Geh aus dir raus,

sagt die Hexe,

mach Platz

für die Eingebung.

Irr dich gewaltig,

sagt die Hexe,

täusch dich
und vertu dich,
sei unlogisch,
irrational und
bar
jeder Vernunft.
Dreh dich im Kreis,
bis du's weißt.
Und dann sei klar!

Wende die Not,

sagt die Hexe,

wende sie hin und her,
solange bis du sie
verwenden kannst –
für einen besseren Zweck.

Reg dich auf,

sagt die Hexe,

reg dich richtig auf,
werde fuchshexenwild,
stampfe dreimal mit dem Fuß
und brülle:
ricke racke – Hühnerkacke,
dreckig und sauber,
weg ist der Zauber!

Gebrauchsanleitung für einen großen Wutanfall.

Verwunderlicherweise,

sagt die Hexe,

wenn's dich wundert,

bist du noch nicht weise.

Lege deine Schatten,

sagt die Hexe,

lege deine Schatten
in Hängematten,
lass sie schaukeln
im Licht.

Hexeneinmaleins:
1 x 1 kenn ich keins
1 x 2 ist nicht dabei
1 x 3 ist halber sechs,
sagt die Hex.
4 und 5 fällt aus,
7 ist nicht zuhaus,
dann gib fein 8, denn
3 x 9 heißt: Schluss,
weil's sein muss.
Und 10 mal bunt
ist klecks,

sagt die Hex.

Lass dir Zeit,

sagt die Hexe,

lass dir Zeit
den Rücken runter rieseln,
lass dir Zeit
um die Nase wehen,
lass dir Zeit
durch alle Sinne gehen,
damit du lernst,
wie sehr du dich
beeilen musst.

Geh mit der Zeit,

sagt die Hexe,

aber lass dich nicht
von ihr treiben.

Nimm dir Zeit,

sagt die Hexe,

nimm dir Zeit,

soviel du brauchst.

Aber nicht mehr.

Ärger dich schwarz,

sagt die Hexe,

ärger dich
schwarz, weiß, rot!
Und dann freu dich bunt.

Warum gehst du nicht weiter?

fragt die Hexe.

Wenn du nicht zu weit gehst,
kommst du nicht voran.
Aber so weit du auch gehst,
am weitesten kommst du,
wenn du
bleibst,
wo du
du bist,
und wenn du
dich weitest, ausweitest,
aus Weiten in die Nähe kommst,
ganz nah, nahbar, nachbar –
bar alles weiteren
dich stellst.

Wirst du wohl ...,

sagt die Hexe,

wirst du Wohl
oder Übel unterscheiden können,
wirst du Oben und Unten verbinden,
in der Mitte dich wiederfinden,
wirst du wohl
wieder von vorn anfangen,
wo die güldnen Sternlein prangen.
Am Anfang war das All.
Am Ende bist du AllEins.
Und in der Mitte
ist der ganze Trubel ...

Beente dich,

sagt die Hexe,

entwickel und entfrickel dich,
enttäusch dich und entfleuch dich,
entlieb dich und entgess dich.
ErInner dich!
Und sei entlich
Du selbst.
Ende.
Oder Anfang?

Bestimmt gehst du deinen Weg,

sagt die Hexe,

bestimmt gehst du deinen Weg
nur, wenn du dein Ohr offen hältst
für das Unbestimmte,
Unstimmige,
stimmlose,
das über- und untertönende
Stimmungsgewirr,
das dir mit zögernder Stimme
deine Bestimmung verrät,
wenn du bereit bist,
stimmig zu werden.
Stimmt's?

Sei wie der Wind,
sagt die Hexe,
sei wie der Wind
ungestüm und sanft,
brausend und still,
jage pustend
die abgestorbenen
Gedankenblätter durch
dein Hirn
und hauche eine
gründuftende
Brise in den Frühling
deines Geistes.

Heul dir die Augen aus dem Kopf,

sagt die Hexe,

lass sie schwimmen und treiben,
ergieß dich in Blindheit
und Dunkel.
Bis es anfängt,
ganz scheu erst,
zu lichtern, zu blinzeln
und dir genau an dieser Stelle
ein ganz frisches und junges,
ein neugeboren zartes
einSehen wächst.

Nachwort

Zu den Texten

Die Hexe repräsentiert die weibliche Weisheit und deren Wandel durch die Jahrtausende. Sie ist eine archetypische Gestalt, älter als das kulturelle Erbe, an das wir uns bewusst erinnern – und älter als die Inquisition.

Die Hexe ist unsere Ahnin, sie kommt durch den Nebel der Jahrtausende zu uns. Sie flüstert und zischelt uns etwas zu. Sie weiß, dass Kommunikation, dass die Verwendung von Sprache immer manipulativ ist – und sie scheut sich nicht, damit zu spielen.

Die Hexe ist nicht rücksichtsvoll im Sinne von höflich. Sie ist klar auf eine spiralige Weise, die die natürlichen Drehungen und Wendungen des Lebens erkennt und anerkennt. Sie spricht vom Platz der inneren Wahrheit aus und sie weiß um die Notwendigkeit der Konfrontation mit dem Unaussprechlichen.

Die Hexe ermutigt uns, Grenzen zu sprengen und ungewöhnliche Sichtweisen zuzulassen. Sie ist eine Agitatorin, eine Wegbereiterin für Wandlung und Transformation.

Irgendwann begann die Hexe, zu mir zu sprechen. Sie sagte in ihrer herausfordernden Art: Teile dich mit!

So entstanden 17 Sprüche, Sentenzen, Gedichte – sprachliche Widerspiegelungen dessen, was die Hexe sagt.

R.C.

Zu den Illustrationen

Bei der ersten Begegnung mit den Hexentexten fühlte ich mich unmittelbar inspiriert. Altes weibliches Wissen und geistigen Reichtum von Frauen in unsere Zeit hineinzutragen und spürbar werden zu lassen, ist mein Wunsch. Deshalb war ich begeistert von dem Auftrag, die Hexentexte zu illustrieren. In einem eigenwilligen Schöpfungsprozess entstanden zuerst 17 Tuschzeichnungen und danach 17 Objekt-Tore.

Die Hexenfiguren habe ich, obwohl Rechtshänderin, mit der linken Hand getuscht, während ich gleichzeitig den dazugehörigen Text laut sprach. Das wollte die Hexe so. Bei der linkshändigen Arbeit konnte ich mich in direkter Linie mit meiner rechten Gehirnhälfte, mit meiner Intuition, verbinden und so aus der Tiefe der Erinnerung schöpfen.

Die 17 Tore habe ich zusammen mit meiner Schwester Martina Theis in einem einzigen Durchgang gefertigt. Ausgangspunkt unserer Arbeit waren verschiedenartige Äste, die eine Freundin im Wald gesammelt hatte. Diese Hölzer ordneten wir, unserem Gefühl folgend, den Tuschzeichnungen zu: Jede Hexenfigur erhielt einen zu ihr passenden Ast.

Für das eigentliche Wirken der Tore nutzten wir eine Menge Material, das wir über Jahre hinweg zusammengetragen hatten: Altes und Neues von jungen und alten Frauen, Dinge aus vergangenen Leben, Spitzen, Stoffe, Wolle, Fäden, Federn, Garn, Muscheln, einen alten Brautschleier, Quasten, Perlen und Schmuck.

Beim Wirken der Tore beschäftigten wir uns mit dem Schritt in die Zukunft: Wir wollten Durchgangstore schaffen, Netze weben und Fäden spinnen aus dem realen Material der alten und der neuen Zeit. Wir wollten eine Verbindung wirken zwischen der Erinnerung und der Erneuerung, zwischen dem gesprochenen und dem geschriebenen Text, zwischen dem Selbstverständnis des FrauSeins heute und der alten archetypischen Figur der Hexe, die ja selber eine Mittlerin zwischen den Welten ist.

G.T.

Rita Crecelius

ist Diplom-Psychologin und Autorin. Sie lebt mit ihrem Mann in Goslar am Harz. Allein und gemeinsam mit anderen ist sie auf dem Weg, die Wurzeln eines starken weiblichen Selbst zu ergründen und das FrauSein für sich neu zu beleben. Sie spinnt Gedanken und Gefühle zu Texten, gestaltet Vorträge und Lesungen. Sie liebt das Weben von Ideen und das ZusammenSein mit Menschen, die Visionen wichtig nehmen.

Gisela Theis

ist Grafik-Designerin und Künstlerin. Sie hat eine erwachsene Tochter und lebt zusammen mit ihrem Lebensgefährten in Hamburg. In Bilderwelten einzutauchen, hat sie von Kindheit an fasziniert. Sie sagt von sich: Ich habe Bilder gemacht, gesucht, gefunden, verloren und geklebt, gewirkt und verbunden, seit ich denken kann. Kraft und Liebe zum Weitersuchen und -gehen geben ihr ihre Familie, Freundinnen und Freunde. Erinnerungen an alte Mythen und Reisen in ferne Länder inspirieren sie.

Christel Göttert Verlag

Als FrauenBuchVerlag wünschen wir den luftig-tiefgründigen Worten der Hexe, Widerhall im Leben vieler Frauen zu finden. Dass die Hexe unser vielfältiges Verlagsprogramm nun mit dem ihr eigenen Zauber bereichert, genießen auch wir.
Wenn Sie mehr über uns und unser Programm erfahren möchten, erreichen Sie uns per Telefon, per Post oder per e-Mail. Im Internet können Sie sich ausführlich über uns informieren. Natürlich schicken wir Ihnen auf Anfrage auch gern unseren Gesamtkatalog zu.

Virchowstraße 21, D-65428 Rüsselsheim, T+F: 0 61 42 / 5 98 44

e-Mail: info@christel-goettert-verlag.de · Internet: www.christel-goettert-verlag.de